I0546921

DE CORI

LES ESPAGNOLS

L 5
97 h

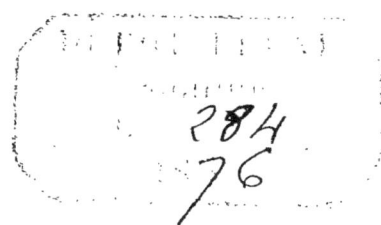

LA

PRISE DE CORBIE

———·ꞏ∞ꞏꞏ———

(Lu a l'Académie d'Amiens dans la séance du 11 août 1876)

———·ꞏꞏ∞ꞏꞏ———

MESSIEURS,

Je suis tombé sur des documents dont vous entendrez la lecture avec un véritable intérêt. C'est le recueil de six lettres patentes rappelant un fait historique d'une grande importance pour le service du pays et des plus honorables pour plusieurs familles de chez nous, dont l'une est encore existante et qui, depuis cette époque, a toujours joui d'une véritable considération dans notre population laborieuse.

C'est d'abord « la copie collationnée par un « conseiller secrétaire du Roy, en l'année 1641 de « 6 pièces relatives à l'exemption accordée par « Louis XIII de toutes tailles et impositions aux

« sieurs Carette et Patou de la ville d'Ancre (ou
« Albert) Louis et Charles de Bousois, de Metz
« père et fils, du village de Fouilloy, et autres
« braves citoyens qui par leur courage ont rendu
« un important service à l'État en brûlant le
« moulin de Corbie, en s'emparant de la demie
« lune, en détournant le cours de la rivière,
« enfin en mettant les Espagnols dans le cas
« d'évacuer la ville de Corbie. »

Vous savez, Messieurs, les difficultés que pré-
senta sous Louis XIII le siége de Corbie, que
Richelieu vint surveiller lui-même, Il habitait
alors à Amiens l'ancien hôtel Pingré, rue Saint-
Denis, où il faillit être victime d'une conspiration
ourdie contre lui. L'armée investissait Corbie
depuis un certain temps ; ses efforts n'avançaient
pas la reddition de la place, et l'armée campée
dans les marais de la Somme et de la rivière d'Ancre souffrait beaucoup des fièvres paludéennes.

Les Espagnols possédaient dés approvisionnements en blé considérables ; il paraissait difficile
de réduire la garnison par la famine ; et la ville
semblait défendue par les grands marais qui l'en-
touraient d'une prise fort difficile. L'hiver appro-
chait, le maintien de l'armée, dans les conditions
où elle se trouvait devant Corbie, ne pouvait se
prolonger, lorsque des bateliers de la Somme
suggérèrent aux chefs de l'armée la pensée d'an-
nihiler les approvisionnements en céréales de

l'ennemi en détruisant les moulins qui en faisaient de la farine. L'un des plus vaillants officiers entretenait des relations suivies avec un groupe de mariniers intrépides du pays, qui avaient une grande pratique de la rivière de Somme ; les détails que vous allez entendre vous feront connaître la part qu'ils ont eue au coup de mains qui reprit Corbie. On s'embarqua à Amiens au port du Don, on s'approcha nuitamment des moulins de Corbie avec quelques soldats conduits par M. de Beaufort ; on brûla les moulins ; on s'empara d'une courtine, en passant au fil de l'épée les soldats qui la défendaient, la ville fut prise : tels sont les faits que constatent les lettres patentes dont je vais reproduire quelques extraits, et que l'histoire n'a pas fait suffisamment ressortir.

C'est d'abord une lettre patente du Roi, du mois d'octobre 1640, donnée au camp devant Corbie qui s'exprime ainsi :

« Louis, par la grace de Dieu, Roy de France et de
« Navarre, à tous présens et à venir salut. Comme
« il est raisonnable et avantageux à l'estat que
« ceux qui entreprennent des actions courageuses
« et utiles à la patrie soient recognus et récom-
« pensés de quelque grâce et faveur spécialle ;
« et qu'un sujet ne peut mériter davantage de
« son prince qu'en exposant sa vie pour son ser-

« vice, et pour recouvrer ce qui a été occupé par
« ses ennemis, Nous avons mis en grande consi-
« dération la fidélité et valeur avec lesquelles
« les nommés Philippe Carette de notre ville
« d'Ancre, Michel Patou de la même ville, Louis
« et Charles de Boursois de Metz, père et fils, du
« village de Fouilloy, Romain de Thaize, Jean
« Pie, Philippe de Sapiny, Fleury Dupré, Pierre
« de Brie, Nicolas Michel, tous dudit village de
« Fouilloy, et Antoine Deluyne du village d'Au-
« bigny, se sont employés aux entreprises tant
« du brûlement des moulins de notre ville de
« Corbie, estant près de la porte de l'image de
« ladite ville, de laquelle nos ennemis se seroient
« rendus maîtres par la lâcheté de ceux auxquels
« nous avons confié la garde de notre ville ; que
« la prise de tous les travaux estant hors d'icelle
« du costé de la chaussée qui est au-delà de
« notre rivière de Somme, les sus-nommés estant
« allé sous la conduite du sieur de Beaufort et
« avec nos gens de guerre aux dites entreprises
« et s'y estant portés de leurs personnes vail-
« lamment et industrieusement et ayant d'ailleurs
« égards aux pertes qu'ils ont souffertes tant par
« le feu mis dans leurs maisons et la dépouille
« de leurs biens fait par les ennemis à la cam-
« pagne, que par la prise de leurs grains et
« autres biens, meubles, dans ladite ville de
« Corbie, nous avons résolu de leur donner une

« récompense honorable et utile pour eux et leur
« postérité, et par laquelle ils demeurent signalés
« à jamais pour le service qu'ils nous ont rendu
« en cette occasion.

« Sçavoir faisons que nous pour ces causes
« et autres bonnes considérations à ce :

« Nous déclarons ledit Philippe Carette, Michel
« Patou, Louis et Charles du Boursois de Metz
« père et fils, Romain de Thetz, Jean Pie, Phi-
« lippe Desapigny, Fleury Duprés, Pierre de Brie,
« Nicolas Michel et Antoine Deluyne, exempts
« et affranchis : exemptons et affranchissons par
« ces présentes signées de notre main, ensemble
« leurs enfans et postérité males et femelles, nais
« et à naistre en loyal mariage, de toutes tailles,
« taillons, service du gué, impositions et autres
« levées quelsconques, soient pour leurs per-
« sonnes, soient pour leurs biens, en quelque
« lieu de notre Royaume, pays et terres et sei-
« gneuries de notre obéïssance qu'ils soient si-
« tués. Deffendons très expressément à tous
« leurs accesseurs, et collecteurs des tailles de
« les imposer, cottiser aux tailles et autres im-
« positions quelconques, a peine de nullité, et à
« tous sergens d'en faire contre eux aucunes
« poursuites à peine de privation de leurs char-
« ges. »

Le Roi ordonne encore de rétablir leurs de-
meures *brûlées* en leur premier état et de faire

jouir pleinement et paisiblement et perpétuellement les y dénommés et leur postérité des avantages et priviléges qu'il leur octroie.

Quelques années plus tard, au mois de Juillet 1641, le Roi, pour vaincre les difficultés que rencontre l'enregistrement du rescrit qui précède, à cause de son édit de Novembre 1640, touchant la révocation des ennoblissements, insiste pour leur enregistrement.

Malgré cela l'enregistrement de l'édit du mois d'Octobre 1636 souffrant encore des difficultés, survient alors le 30 Janvier 1641 une nouvelle déclaration du Roi qui s'exprime ainsi :

« Il nous a été donné avis que nos lettres
« patentes vous ayant été présentées vous en
« auries refusé l'enregistrement, ors que notre
« Procureur-général en notre Cour l'ait ainsi
« requis, sans que vous ayez voulu donner arrest.
« A ces causes vous mandons et très-expressé-
« ment enjoignons par ces présentes signé de
« notre mains qui vous serviront de dernières
« et finalles jussions, que vous ayez à enregistrer
« purement et simplement nos dites lettres du
« mois d'Octobre mil six cent trente-six et de
« l'effet en icelle faire jouir et user les dits expo-
« sans pleinement et paisiblement, cessant et
« faisant cesser tous troubles et empêchements,
« et nonobstant toutes choses qui se pourront
« alléguer à ce contraire, auxquelles à notre

« grâce spécialle pleine jouissance et authorité
« Royalle nous avons pour cette fois,et sans tirer
« à conséquence, dérogé et dérogeons par ces
« présentes, car tel est notre plaisir.

« Donné à St-Germain en Laye le trentième
« jour de Janvier de l'an de grace mil six cent
« quarante et un. »

L'importance du service rendu par nos conci-
toyens fit recueillir des informations, que l'auto-
rité crut devoir constater Le 16 Décembre 1638
information est faite en la ville d'Amiens.
Devant le sieur Vincent Castelet de Chatillon,
conseiller du Roi, député à cet effet par lui, par
M. le Président, Lieutenant et Élus de l'Élection
d'Amiens et divers autres y dénommés, a comparu
« Maitre Guy Pingré, Garde provincial de l'artil-
« lerie en Picardie, demeurant à Amiens, âgé de
« 48 ans, témoin produit juré, où y est examiné à
« la requête des dits Philippe Carette et les autres
« bateliers dénommés, après serment par lui fait
« de dire la vérité. »

« Lequel a dit qu'il avait bonne connaissance que
« les dits mariniers, qu'il auroit plusieurs fois
« veu les sus nommes et leurs compagnons boire
« et manger avec les s^{rs} Debaufort et Rassilly
« en cette ville d'Amiens, en la maison, où pend
« pour enseigne le cerf volland, où estoit logé le
« dit s^r de Beaufort, avec lequel le déposant a beu
« et mangé plusieurs fois au temps du brulement

« du moulin de Fouilloy, assis près la porte à
« l'image de la ville de Corbie, et qui les a veu
« plusieurs fois conférer avec les dits s^rs de
« Baufort et Rassilly des moyens pour parvenir
« aux dessains qu'ils avoient de suspendre le dit
« Moulin et la demy lune qui est assise au
« devant de la dite porte à l'image ; lequel mou-
« lin le dit déposant sçait avoir été surpris et
« brulé par l'industrie et invention des sus nom-
« més, sous la conduite des s^rs de Beaufort et
« Rassilly la nuit d'entre le 16 et 17 Septembre
« 1636 ; ce que le dit déposant sçait parce que le
« l'andemain du dit brulement luy estant au
« logis et en la compagnie des dits s^rs de Beau-
« fort et de Rassilly ; eux estant de retour en
« ceste ville d'Amiens, il auroit entendu dire aux
« dits s^rs de Beaufort et de Rassilly que les sus
« nommé s'étoient portés vaillamment en la dite
« action, qu'ils n'avoient jamais veu de courage
« pareil, lesquel le Roy ne pouvoit assez récom-
« penser, ayant le dit déposant veu les dits s^rs de
« Beaufort donner une pistolle pour assister les
« sus nommés ou de leurs compagnons malades
« ou blessés, qui depuis a sceu estre mort quelque
« temps après le retour de la dite action, et qu'il
« sçait aussi que le 26e jour de Septembre 1637
« l'on bloqua et investit la dite ville de Corbie ;
« les dits sus nommés sous la conduite du dit
« s^r de Beaufort par les moyens de certains

« batteaux se seroient emparés de la demie lune
« nouvellement fortifiée par les ennemis au devant
« de la porte à l'image de la dite ville de Corbie ;
« de laquelle ils s'en rendirent maistres, et mirent
« au fil de l'épée tous ceux qui estoient en garde
« en jcelle, et que le nommé Charle de Bouzo de
« Metz fut lors grandement blessé, que luy dépo-
« sant estant en la compagnie du dit sr de Bau-
« fort, luy auroit fait voir 40 quavalles prises sur
« les ennemis au brulement du dit moulin, et
« envoyés à Monseigneur le cardinal conduittes
« par le dit Philippe et quelques autres de ses
« compagnons. Sçait aussi le dit déposant que les
« dits Carette et Michel Patou ont perdu une
« maison dans la ville d'Ancre de valleur de plus
« de 4,000 mille livres qui a été brulé par les
« ennemis et que tous leurs meubles et grains
« ont été perdu, et que au village de Mailly le dit
« Michel Patou a perdu encore une maison brulée
« par les ennemis de valleur de 3,000 livres et
« plus de 400 septiers de grains qui estoient dans
« la dite maison, et c'est ce qu'il ait dit et affirmé
« sa disposition être veritable et a signé après
« lecture en y en avoir été faitte. »

La déposition suivante donne des détails fort
intéressants à connaître :

« Du Mardy quatrième jour de Janvier 1639
« Philippes Vachery praticien n'a guerre demeu-
« rant à la ville d'Albert et à présent demeurant

« en la ville de Péronne, âgé de 20 ans ou environ,
« témoin produit juré, ouy examiné comme dessus
« a dit qu'environ le mois de Juillet de l'année
« 1637, les ennemis après la prise du castel ap-
« prochant de la ville d'Ancre, luy et Pierre
« Vachery son frère, avec plusieurs habitants de
« la dite ville d'Ancre, quittèrent leur demeure et
« se refugièrent en ceste ville d'Amiens et se
« retirèrent en la maison d'Adrien Satisy, chi-
« rurgien de la dite ville d'Ancre qui estoit aussi
« refugié en ceste dite ville d'Amiens, chez un
« nommé le sieur Cavalier, et que pendant leur
« séjour en la dite ville d'Amiens Philippes Ca-
« rette de la dite ville d'Ancre voyant le déposant
« et son frère pierre Vacherie propres pour porter
« les armes, les auroit requis de tenir compa-
« gnie en quelque action généreuse pour le ser-
« vice du Roy ; lequel déposant et son frère luy
« accordé, luy déposant et son frère Vacherie sus
« nommés furent embarqués avec environ 50
« soldats sur la rivière de Somme au port du
« Don de ceste ville d'Amiens à 6 heures du soir,
« conduits et commandés par les sieurs de Bau-
« fort et Rasilly, et quelques autres chefs dont
« il ne sçait à présent les noms, tous guidés par
« le dit Philippes Carette, Michel Patou, Louis et
« Charles de Bouzo de Metz, Romain de Taize,
« Jean Pie, Philippe de Sapiny, Fleury Desprez,
« Pierre de Brie, Nicolas Michel et Antoine De-

« vismes du village d'Aubigny et toutes les dites
« troupes ayant été conduites sur la rivière jus-
« qu'au près du bacq de Daours,ils mirent pied à
« terre, et ayant pris leur chemin vers le moulin
« de Corbie assez proche de la porte à l'image :
« estant arrivés es environs du dit moulin, le
« sieur de Beaufort ayant tenu conseil, de ce
« qu'il devoit faire avec les dits Carette et autres
« sus-nommés, se fit assister de 4 soldats armés
« de haches et 6 sergents de compagnies avec
« les dits susnommés Carette et avec ses com-
« pagnons garnis de grenades et feux d'artifices
« de diverses sortes qui se détachant du surplus
« des troupes, s'en allèrent attaquer le dit mou-
« lin et incontinent après,luy déposant qui estoit
« demeuré avec les autres soldats, attendant
« l'effet de la dite attaque, entendans le bruit
« des grenades et voyant le dit moulin brûler,
« coururent avec les autres, et y estant arrivés
« pour assister le dit sieur de Beaufort, et ceux
« qui estoient de sa Compagnie, lui déposant vit
« plusieurs soldats des ennemis tués au-devant
« du dit moulin et que le sieur de Beaufort
« assisté des dits Carette et ses compagnons sus
« nommés continuoient de mettre au fil de l'épée
« tous ce qui restoit; de sorte que tout ce qui
« estoit en garde fut deffait, et le moulin brulé,
« ayant aussi veu le déposant quelques-uns de
« ceux qui assistèrent le dit Sr de Beaufort qui

« furent ramenés en cette ville blessés avec eux,
« lors de laquelle action, luy déposant, et autres
« qui estoient de l'arrière-garde, estant avancés
« jusques auprès de la porte à l'image du dit
« Corbie ils y trouvèrent environ 40 belles qua-
« valles des ennemis qui furent amenées en cette
« ville, et des quelles le dit sieur de Beaufort a
« disposé comme luy a semblé ne pouvant, le dé-
« posant, dire sy les dits cavalles ont été pré-
« sentées à Monseigneur le Cardinal ou non.

« Dict davantage, le déposant qu'environ le 27e
« jour du mois de Septembre les dits sieurs de
« Beaufort et de Rassilly et Devernancourt ayant
« eu commandement d'aller investir la dite ville
« de Corbie, ils se firent assister des dits Carette
« Patou, Bouzo de Metz, de Thaize, Jean Pie,
« Sapiny, Dupié, de Brie, Michel et Devismes
« susnommés, et que lui déposant et son frère
« Pierre Vacherie ayant été requis par le dit Ca-
« rette d'être de leur Compagnie, ils sortirent de
« cette dite ville d'Amiens par batteau et s'em-
« barquèrent par le Don sur les 6 et 7 heures du
« soir conduit par le dit sieur de Beaufort, qui
« mirent pied à terre es environs du bacq de
« Dours , et ayant gagné le bout du faubourg de
« Foulloy guidé par le dit Carette et autres ses
« compagnons, quitta une partie de troupes ez
« environs de l'église de Foulloy pour aller faire
« mettre sur la rivière au dessus de Corbie quel-

« ques batteaux qu'il avoit fait sortir de cette
« ville d'Amiens par charroy , par le moyen
« desquels les dits Carette, Patou et autres ses
« compagnons les conduit si industrieusement
« qu'ils surprirent la demiclune assise audevant
« de la porte à l'image de la dite ville de Corbie,
« et mirent au fil de l'épée tous ce qu'ils trou-
« voient en garde en icelle, de laquelle ils se
« rendirent les maîtres, depuis lequel temps le
« dit déposant ayant servy le dit sieur de Beau-
« fort au dit siége de Corbie, il sçait que le dit
« Carette, Patou et autres ses compagnons bu-
« voient et mangeoient ordinairement à la table
« du dit s^r de Beaufort, et que souvent tous deux
« alloient en habits déguisés, tantost en habit
« de tambour, tantost en autre forme, soit en la
« dite ville de Corbie, soit dans l'armée des
« ennemis pour connoître leur contenance, et
« descouvrir quel secours il pourroit arriver de
« leur part à la dite ville de Corbie, dont il fai-
« soit rapport au dit s^r de Beaufort. Sçait aussi
« le déposant que 3 ou 4 jours après que la dite
« ville fut investie par l'armée du Roy les dits
« Carette, Patou, Sapiny et autres leurs compa-
« gnons susnommés donnèrent l'invention au
« dit s^r de Beaufort de rompre la rivière nommée
« la *Boullangerie* qui entroit dans la dite ville de
« Corbie et faisoit moudre le moulin d'jcelle et
« que les dits sus nommés travaillèrent au diver-

« tissement de la dite rivière au grand péril de
« leurs personnes ; ayant même le dit déposant
« esté présent plusieurs fois lorsque les dits
« Carette et ses compagnons sus nommés ont
« donné avis au dit s^r de Beaufort des endroits
« les plus faibles de la dite ville de Corbie. » Il
relate ensuite les pertes que la guerre leur fit
subir.

Vient ensuite celle du s^r Vacherie :

« Pierre Vacherie laboureur demeurant en la
« ville de Corbie âgé de xxviii ans ou environ,
« témoin produit juré oui et examiné à la requête,
« et comme les précédens témoins, lequel dict que
« les ennemis approchants de la ville d'Ancre
« logé chez un nommé le s^r Cavalier demeurant
« en cette ville d'Amiens, et qu'environ le 16e de
« Septembre de la même année il fut prié par
« Philippe Carette d'estre de sa compagnie avec
« quelques autres de ses compagnons en une
« entreprise, qu'il vouloit faire pour le service
« du Roy ; ce que lui ayant promis il fut embar-
« qué sur les 6 heures du soir avec environ 50
« soldats sur la rivière de Somme au port du Don
« de ceste ville, sous la charge des s^{rs} de Beau-
« fort et de Rassilly tous conduit et guidé par les
« les dits Philippe, Carette et ses compagnons et
« qu'estant abordés environ du bacq à Dours ;
« retirés à l'escart ils tinrent conseil avec les
« dits Carette, Patou, Bozo de Metz et autres

« sus nommés et aussitôt choisirent 4 soldats
« garnis de hasches et 6 sergents de compagnie
« garnis de halles bardes, et les dits Carette,
« Patou, Bouzo de Metz et leurs compagnons gar-
« nis de grenades et de feux d'artifices prirent
« leur chemin droit au moulin de Corbie assis
« proche de la porte à l'image de la dite Ville,
« ayant fait demeurer derrière le surplus des
« dites troupes, du nombre desquelles étoit le
« dit déposant pour servir d'arrière-garde et que
« les dits s^{rs} de Beaufort et les sus-nommés es-
« tant arrivés au dit moulin, le déposant entendit
« incontinent après un grand bruit tant de ceux
« qui y estoient que des grenades qui y furent por-
« tées et au même instant apperçut le moulin
« brûler; ce qui leur donna sujet d'avancer pour
« assister les dits sieurs de Beaufort et ceux qui
« estoient de sa troupe ; ou estant arrivés, ils vi-
« rent plusieurs gens de guerre des ennemis tués
« ez environs du dit moulin et que le dit de Beau-
« fort et ceux qui l'assistoient continuoient de
« mettre au fil de l'épée tous ceux qui estoient en
« garde au dit lieu et que, a la part du dit sieur
« de Beaufort il y en eut un ou deux de blessés
« qui furent ramenés en ceste ville, et qu'à l'ins-
« tant de la dite action les dites troupes condui-
« tes par les dits sieurs de Beaufort et de Rassilly
« s'estant avancées plus proche à la porte à l'image
« de ladite ville de Corbie y furent prises environ

« 40 fort belles cavalles, qui furent amenées en
« ceste ville ; que le dit déposant entendit lors
« dire, qu'elles devoient être présentées à Mon-
« seigneur le Cardinal et qu'environ le 26e jour
« du même mois de Septembre le dit déposant
« ayant derechef été prié par le dit Carette de
« l'assister, il fut encore embarqué à 7 heures du
« soir avec plusieurs gens de guerre sur la dite
« rivière de Somme au port du Don de ceste ville
« sous la charge des dits sieurs de Beaufort et
« de Rassilly et du sieur de Vernancourt, conduit
« et guidé par les dits Carette, Patou, Bouzo de
« Metz et leurs compagnons sus-nommés, et,
« ayant mis pied à terre environ de Dours, les
« troupes se divisèrent en 2 parties, dont l'une
« conduite par le dit sieur de Beaufort passèrent
« plus avant et au-dessus de Corbie, et ayant mis
« sur la rivière quelques batteaux qu'ils avaient
« fait conduire par charroy, ils se coulèrent si
« dextrement guidés par ledit Sapiny et quelques
« uns de ses compagnons, qu'ils surprirent la
« demie lune assise à la porte à l'image de la
« dite ville de Corbie ; où ils firent main basse et
« mirent au fil de l'épée toute la garde qui estoit
« au dit lieu, au moyen de quoi ils se rendirent
« maistres de la demie lune ; esquelles deux actions
« il y avait un grandissime péril, pour ce que lors
« d'ycelle tous les remparts de Corbie étaient
« bordés de gens de guerre, tirant coups de

— 17 —

« mousquets et de fauconneaux. Les dits moulin
« et demie lune estant si proches, qu'il n'y a que
« le fossé entre deux, affirmant le déposant que
« pendant le siége de Corbie par l'armée du Roy
« il a presque toujours été à la suitte du sieur
« de Beaufort et qu'il a toujours veu les dits
« Carette, Patou, Bouzo de Metz, Sapiny et autres
« leurs compagnons boire et manger à la table
« dudit sieur de Beaufort ; même que plusieurs
« d'entre eux ont été plusieurs fois en habit dé-
« guisés. Le dit Sapiny qui contre faisoit l'Espa-
« gnol tantost dans la ville de Corbie tantost
« dans les troupes des ennemis pour connoistre
« leurs actions et leur deffaut, dont ils donnoient
« advis au dit sieur de Beaufort, et qu'il a veu
« plusieurs fois les dits sus nommés advertir le
« dit sieur de Beaufort des endroits les plus fai-
« bles des fortifications de Corbie ; sçait aussi
« que le dit Carette, Bouzo de Metz et autres ses
« compagnons ont donné l'invention au dit sieur
« de Beaufort de changer le cours de la rivière
« de la boulangerie qui entroit dans la dite ville
« de Corbie et faisoit moudre les moulins d'ycelle,
« et qu'il a veu les dits Carette, Patou, et leurs
« compagnons travailler avec grand péril de leurs
« personnes au divertissement d'eau et que tous
« les sus nommés ont receu de grandes pertes
« par l'arrivée de l'armée des ennemis ; il relate
« leurs pertes.

Celle du sieur Dethez, sergent de la compagnie du régiment du comte de Mantoille, n'est pas moins interessante à recueillir, il dit :

« Qu'au mois de Septembre de l'année 1636 lui
« déposant estant appointé à la compagnie collo-
« nelle du régiment de Périgord, lors en garnison
« en ceste ville d'Amiens, il fut choisi par le dit
« sieur de Rassilly et le sergent de sa compagnie
« pour quelques dessins pour le service du Roy,
« qui ne fut lors communiqué ni divulgué au
« déposant, et qu'environ le xvi Septembre de la
« dite année 1636 luy déposant avec 40 ou 50
« soldats choisis tant de la compagnie du sieur
« de Rassilly que des autres furent embarqués au
« quay du Don de ceste ville sur les 6 ou 7 heures
« du soir, conduit par les sieurs de Beaufort et de
« Rassilly par la rivière de Somme, guidés par
« Romain de Thez, Charles de Bouzo de Metz
« et plusieurs associés avec eux. Dont le dé-
« posant ne se souvient pas des noms et estant
« arrivés sur les onze heures de la nuit entre
« Dours et Corbie et environ une demie lieue de
« la ville de Corbie ils mirent pied à terre, sur les
« marest duquel lieu Romain de Thez fut envoyé
« par le dit sieur de Beaufort pour reconnoître
« l'estat des ennemis qui pourraient estre en
« garde au faubourg de Foulloy et au moulin de
« Corbie, assis proche de la porte à l'image de la
« dite ville et, cependant les troupes conduites

« par les dits sieurs de Beaufort et de Rassilly
« eurent ordre de se rendre à la terrier d'entre
« Aubigny et Foulloy, où ils firent alte, jusques
« au retour du dit Romain de Thez, qui les vint
« retrouver au dit lieu, lequel ayant délibéré
« avec les dits sieurs de Beaufort et de Rassilly
« ils firent choix de quelques soldats garnis de
« hasches d'armes et d'habardes commandés par
« le dit sieur de Beaufort, qui furent conduits par
« des chemins et sentiers escartés par le dit sieur
« Romain de Thez, lequel ayant fait passer aux
« troupes plusieurs canneaux de la rivière de
« Somme à gay et le pied dans l'eau, les mena
« jusqu'au corps de garde des ennemis posés
« environ le dit moulin, et les ayant fait appro-
« cher jusqu'a 7 a huit marches près du dit
« corps de garde et fait tuer la sentinelle d'iceluy,
« les dits sergent qui estoient environ 5 ou 6
« desfirent et tuèrent tous les soldats dudit corps
« de garde et cependant les nommés Charles de
« Bouzo de Metz, Philippes de Sapiny et Antoine
« Devismes se retirant dans le dit moulin qui
« estoient empli de soldats, le dit Bouzo de Metz
« garni et porteur d'une grenade et quelques
« autres de ses compagnons de feux d'artifice,
« desquels ils mirent le feu dans le dit moulin,
« et le dit de Sapiny garni d'une albarde se jet-
« tèrent au dit moulin et mirent au fil ne l'épée
« ceux qu'ils y trouvèrenl et qu'il donna tant de

« frayeur aux autres qui estoient en garde dans
« la demie lune assise au devant de la porte à
« l'image qu'ils abandonnèrent la demie lune, et
« les dits sieurs de Beaufort et de Rassilly, en
« estant approchés y prirent environ 30 à 40
« belles cavalles qui furent amenées en cette ville,
« où les dites trouppes retournant le landemain
« à 4 heures du matin, pour récompense de la
« quelle action le dit sieur de Beaufort donna un
« ceur d'or au dit déposant ; comme il fit à
« chacun des autres soldats qui les avoient
« assistés ayant ledit déposant reconnu que de-
« puis la dite action le dit sieur de Beaufort
« faisoit beaucoup d'estat des nommés Philippe
« Carette, Michel Patou, Louis et Charles
« Bouzo de Metz, Romain de Thez, Jean Pie,
« Philippe de Sapiny, Fleury Dupié, Pierre de
« Brie, Nicolas Michel, et Antoine Devismes,
« tous dénommés es lettres patentes de Sa Ma-
« jesté pour le courage et générosité qu'il avoient
« recognu entre eux, et de fait depuis la dite
« action le dit sieur de Beaufort les a toujours
« voulu avoir auprès de luy, durant le siège de
« Corbie ; luy déposant les ayant veu souvent
« boire et manger à sa table. Dizant, outre, le
« déposant qu'environ 10 jours après le dit sieur
« de Beaufort conduisant plusieurs trouppes
« sorties de ceste ville d'Amiens sur le soir,
« ils eurent leur rendez-vous en divers endroits

« pour aller investir Corbie du costé du Sang-
« terre ; entre les quels estoit le déposant ; a
« raison de quoi il sait que les sus nommés Ca-
« rette et ses compagnons guidèrent les dites
« trouppes en divers endroits, dont une partie
« étant passée au-dessus de la dite ville de Corbie
« du costé de Hamelet, ils firent décharger sur la
« rivière quelques batteaux, qu'ils avoient menez
« par le charroy, par le moyen desquels ils con-
« duisirent si dextement quelques escouades
« qu'ils surprirent la demie lune de la porte à
« l'image du dit Corbie, taillèrent en pièces tous
« ceux qui estoient de dans ; de la qu'elle s'estant
« rendus les maitres, ils commancèrent à l'ins-
« tant à se retrancher dans la demie lune pour
« la garder contre les assiégés, et que 3 ou 4
« jours après il sçait que les dits sus nommés
« Carette et autres donnèrent l'invention de
« coupper la rivière de la Boullangerie qui fai-
« soit moudre les moullins de la dite ville de
« de Corbie, à quoi il a veu les dits Carette, Mi-
« chel et autres s'employer couragement au péril
« de leur vie et que le dit sieur de Beaufort em-
« ployant ordinairement les dits sus nommés
« denommés aux dites lettres patentes pour des-
« couvrir les dessins des ennemis ; Eux décou-
« vrirent 3 moulins d'assier cachés au bois de la
« Houssoye, lesquels apparament les ennemis
« vouloient faire entrer en la dite ville de Corbie

« que le déposant ayda à porter au dit sieur de
« Beaufort. Il ajoute : que fort peu de temps
« auparavant, la capitulation des ennemis qui es-
« toient dans Corbie, Nicolas Michel, Jean Pie et
« Charles de Bouzo de Metz et Pierre de Brie
« ayant donné advis au dit sieur de Beaufort de
« prendre la dite ville, à la force et par escalade
« ils se soubmirent à sonder les lieux et les gués
« pour passer les échelles, et de fait s'estant
« transportés la nuit au long de la rivière de
« Somme qui coulle au long des remparts de
« la dite ville, ils y trouvèrent un sacq de cuir
« dans lequel il y avoit plusieurs lettres étran-
« gères, qu'ils apportèrent au dit sieur de Beau-
« fort et c'est ce qu'il a dit affirmant sa dépo-
« sition véritable. « Il parle ensuite des pertes
que firent les bateliers.

Le 3 Juillet 1641 les Présidents trésoriers de
France en Picardie firent l'enregistrement de la
lettre patente délivrée par le Roi ; ils reçoivent
un ordre royal qui leur commande de faire jouir
les sus nommés pleinement et paisiblement du
contenu aux lettres patentes ; puis, survient un
dernier rescrit du Roi adressé à ses officiers de
finance de Picardie ou je remarque le passage
suivant : « Sa Magesté voulant donner une ré-
« compense honorable aux sus nommés, par la-
« quelle ils demeurent à jamais signalés pour le
« service qu'il lui ont rendu, les a exemptés... ..

qui ordonne que ses lettres patentes, arrêts soient enregistrés.

Il résulte des faits que je viens de produire que c'est au duc de Beaufort et à ses bateliers que l'on doit la reprise de Corbie. On comprend parfaitement les relations de boire et de manger à la même table qui s'étaient établies entre ce vaillant officier et ces mariniers. Le Duc de Beaufort appartenait comme eux au pays ; il était le seigneur de Remiencourt.

J'ignore ce que sont devenus les hommes qui lui conseillèrent et lui facilitèrent sa courageuse entreprise, à l'exception du batelier Pie. Sa famille est restée parmi nous ; elle a cru en nombre. Il y a même, pour ce qui la concerne, un fait significatif : restée jusqu'à nos jours fidèle aux traditions de l'ancêtre, attachée au port et à la rivière, elle a toujours joui dans notre population d'une estime et d'une considération particulière. Je tiens les documents que je viens de vous exposer, de l'un de ses descendants directs, de M. Pie, régisseur du Marché Lanselles, que nous connaissons, et qui est aimé de tous ceux qui le connaissent.

Il me reste maintenant a exprimer un vœu : Le Roi Louis XIII a récompensé tous ces braves gens, sans bourse délier. Il me semble que dans un temps où nous avons, plus que jamais, le devoir d'honorer ceux qui ont bien servi la

France, il nous appartient, pour perpétuer le souvenir de ces modestes bateliers, dont le courage a chassé l'étranger de chez nous, de conserver la mémoire ne ces hommes de cœur. Les villes d'Amiens, de Corbie et d'Albert doivent décorer de leur nom quelques unes de leurs voies publiques. Il ne leur en coûtera pas plus qu'à Louis XIII ; du moins elles auront payé la dette de la Picardie, dans la mesure qui est possible aujourd'hui.

Pour ce qui nous concerne, c'est du port du Don qu'est partie l'expédition de ces audacieux argonautes ; on pourrait bien appeler *Marché Jean Pie*, l'emplacement de la nouvelle halle qu'on y projette.

J MANCEL.

Amiens. — Typographie H, YVERT. rue des Trois-Cailloux, 64.

www.ingramcontent.com/pod-product-compliance
Lightning Source LLC
Chambersburg PA
CBHW061731180626
46818CB00006B/2565